Puerto Libre
Historias de migrantes

Puerto Libre
Historias de migrantes

Ana Romero

Ilustraciones de Juan Pablo Hernández

Instituto Nacional de Bellas Artes

CONACULTA

EN CAMPECHE
VAMOS POR NUESTRO PROGRESO
GOBIERNO DEL ESTADO · 2009-2015

SECRETARÍA DE CULTURA
· CAMPECHE ·

ediciones sm

Romero Jiménez, Ana Rosa
  Puerto libre : Historias de migrantes / Ana Rosa Romero Jiménez. –
México : Ediciones SM : Secretaría de Cultura de Campeche :
Conaculta. INBA, 2012
128 p. ; 19 x 12 cm. – (El Barco de Vapor. Roja ; 55 M)

ISBN : 978-607-24-0571-4

1. Novela mexicana. 2. Relaciones de familia – Literatura infantil.
3. Trabajadores migratorios – Problemas sociales. I. t. II. Ser.

Dewey 863 R66

Coordinación editorial: Laura Lecuona
Edición: Libia Brenda Castro
Diagramación: Juan José Colsa
Ilustración de cubierta e interiores: Juan Pablo Hernández

D. R. © 2012, SM de Ediciones, S. A. de C. V.
Magdalena 211, Colonia del Valle, 03100, México, D. F.
Tel.: (55) 1087 8400
Para conocer SM, su fondo editorial y sus servicios: www.ediciones-sm.com.mx
Para andar entre, hacia y con los libros: www.andalia.com.mx
Para comprar libros de SM en línea: www.libreriasm.com

Coedición:

Secretaría de Cultura del Gobierno
del Estado de Campeche
Calle 12 #173, Centro Histórico, San Francisco de Campeche
Campeche, 24000
www.culturacampeche.com

Instituto Nacional de Bellas Artes
Reforma y Campo Marte s/n, Colonia Chapultepec Polanco, 11560, México, D. F.
www.bellasartes.gob.mx

ISBN 978-607-24-0571-4
ISBN 978-968-779-176-0 de la colección El Barco de Vapor

Miembro de la Cámara Nacional de la Industria Editorial Mexicana
Registro número 2830

*A todos los que un buen día decidieron
borrarle las fronteras al mapa
que estaban dibujando
en su imaginación.*

*A los que lo consiguieron.
A los que no.*

*A los que en este momento están esperando
el pestañeo de un guardia fronterizo
para lograrlo (que haya suerte).*

*A mi mamá, a Mi Hermana
y a mi papá, el sembrador que plantó
la semilla de esta historia.*

Los elefantes y la memoria

"Los objetos pueden estar más cerca de lo que aparentan." Ya que los fabricantes de espejos laterales de coche tienen la decencia de notificarnos que las cosas no siempre se encuentran tan lejos como fingen estar, nosotros bien podríamos tatuarnos en el cerebro ese mismo letrero. Tal vez así tendríamos más cuidado antes de adentrarnos en los recuerdos que parecen hallarse a millones de años luz… pero solo lo aparentan. Aquello que se finge lejano, a menudo es lo más cercano a nosotros mismos.

La memoria es un ente autónomo que, encima, llega sin avisar, por las puras ganas de hacerse presente.

A veces un olor, otras un sonido. Pueden ser ciertos silencios. Los sucesos o los objetos más impensables, y más (aparentemente) casuales, le funcionan a ella. A la memoria.

Si se trata de hacer un examen, la memoria decide tomarse el día libre. Cuando se busca en ella para recordar dónde quedaron las llaves, tiene puesto el cartel de "No molestar". Pero, si se da el caso de que lo único que deseamos con todas nuestras fuerzas es olvidar, aunque sea solo un poco, la memoria se defiende como gato boca arriba.

La memoria es un ente autónomo, pero se parece a nosotros mismos mucho más de lo que estamos dispuestos a reconocer.

Los objetos de los que se vale la memoria pueden estar más cerca de lo que aparentan. Las cosas que mi recuerdo está usando para reconstruir esta historia se hallaban en el lugar más visible de todos. ¿Cómo se esconde un elefante en una cancha de futbol? Llenando la cancha de elefantes.

Una tarde de viernes me descubrí llenando de elefantes la cancha de mi memoria, porque casi sin querer encontré el que estaba buscando.

El 24 de agosto de 1988 mi papá tomó su maleta y se encaminó a lo desconocido. El boleto decía que el destino final de sus pasos sería el aeropuerto de Houston, Texas, pero en realidad se marchaba a una nueva vida. Una que yo no podría ver. Una que me era del todo ajena.

Esta es la historia de esa ausencia, y espero que, si de algo puede servir esto que escribo, sea para que la *migra* se distraiga en lo que aquella persona (no importa cuál) termina de pasar.

Esta es una historia de tantas pero al mismo tiempo no es una historia: es un elefante escondido entre los cuerpos de otros millones de elefantes.

Uno más

Uno más. Uno de tantos, pues. Nada del otro mundo. Otra familia despadrada. Uno más cruzando al mismo tiempo las fronteras de la legalidad y del río Bravo.

La diferencia es que ese uno era mi papá.

Los primeros días fueron los peores, así que me los voy a saltar porque, como dice mi Yaya, muchos males hay en este mundo como para, encima, tener que platicarlos. Claro que mi mamá no está muy de acuerdo con eso… Y este es un momento perfecto para comenzar con las presentaciones.

La Yaya se llama María de Todos los Santos, pero como yo siempre he sido una persona muy práctica (chaparra, con chinos y de solo ocho años en aquel momento, pero persona al fin y al cabo) decidí que en vez de decirle todos sus nombres, que recorren el santoral entero, mejor le diría Yaya; y no sé por qué elegí llamarla así, aunque mi teoría es que lo hice en clarísimo homenaje a la manía que tiene mi abuela de arrullar a cuanto bebé chillón le ponen enfrente diciéndole "Ya, ya".

Lo que sí parece quedar claro es que todas las historias necesitan un principio, y esta aún carece de él. Por otro lado, los principios no tienen la culpa de lo que va a ocurrir después. Las historias pueden ser trágicas, cómicas o muy mediocres, pero la culpa no es de los principios: esos tiran la piedra, esconden la mano y luego se largan a hacer estragos a otro sitio, así que no se les puede culpar de sus consecuencias. Al menos no de todas. Por ejemplo, la consecuencia de mi completa y total incapacidad para ir directamente del punto A al punto B. Se trata de un problema cuyo origen podría ser rastreado si alguien se lo propusiera, pero no es relevante. Lo que interesa es que ya me perdí, como siempre me pasa.

¿Será un trauma? Porque desde que tengo uso de razón soy dada a irme por las ramas, y esto lo digo en ambos sentidos, el metafórico y el literal. Yo creo que lo primero es una consecuencia muy lógica de lo segundo: es seguro que la enorme cantidad de ranazos que me di después de hacer mal los cálculos entre la resistencia de la rama y mi peso, o entre la resbalosidad del tronco y la ausencia de zarpas con qué sujetarme, en algo contribuyeron a que no pueda seguir las narraciones en orden. Tampoco puedo pronunciar correctamente la palabra *zanahoria* (digo *zanoria*), y cuando era más chica (bueno… tal vez incluso un poco mayor a lo que ese *chica* podría dar a entender) fingía dolores de panza inexistentes o me picaba (levemente) a propósito con un clavo (eso sí, uno que estuviera más o menos limpio), para que la maestra se espantara, llamara a mi mamá y yo pudiera librarme de la escuela. Volvió a suceder. En fin, antes de que mi gran bocota vuelva a interponerse entre el comienzo y la historia, vamos empezando:

Mi papá se fue a Estados Unidos a trabajar el 24 de agosto de 1988. Entró a territorio norteamericano muy propio él, muy legal y muy turista, con todos sus documentos en regla, sin que ningún agente migratorio tuviera nada que reprocharle. Pero pronto se convirtió en un delincuente perseguido por las leyes de varios estados; ese *pronto* significa exactamente noventa días, que es lo que duraba su visa, que solo le dieron porque el gringo al que le tocó entrevistarlo debió de ser muy menso o era un patriota de los meros buenos, y creía que hasta el más perdido de los pueblos de su país tiene maravillas dignas de ser visitadas. Porque otra explicación no hay. Nadie más le habría dado la visa a mi papá: a ninguna persona en su sano juicio se le habría ocurrido creerle a un señor que dice que va a turistear a un pueblo perdido de Texas, y que en realidad va a instalarse con los hermanos de su cuñado (aunque en realidad el parentesco, o su ausencia, no importan tanto porque, ya estando del otro lado del río Bravo, todos los amigos terminan convertidos en familia de primer grado aunque nunca antes se hayan visto).

Esos familiares también serían los encargados de conseguirle trabajo con un contratista del que nunca se supo si era un gringo muy generoso o un racista de lo peor, pero que pagaba muy puntualmente.

En realidad no le iba mal. Tenía una casita para él solo. Se iba a pescar los sábados acompañado de su *six* de cervezas. Comía en familia (postiza) los domingos y recibía tres cartas cada miércoles y domingo, sin falta.

Mi papá había tenido mucha suerte.

Nosotras cuatro, al cabo de un año, habíamos empezado a acostumbrarnos a su ausencia.

Todo parecía estar lo mejor posible.

Pero tanto a él, allá lejos, como a nosotras aquí, donde siempre, nos estaba llevando el diablo parejo.

Primera rama:
Instrucciones para cruzar

4 375 KILÓMETROS separan las ciudades de Tapachula y Nueva York.

Mejor no arriesgarse a cruzar ni por Arizona ni por Texas.

Hay un tren de carga que, sin horarios fijos, parte del sur de México rumbo al norte.

Es un tren que no fue pensado para transportar personas.

Es de carga pero, en su techo, ha acercado a miles de indocumentados al sueño americano.

A otros muchos los ha asesinado.

Centenares más han quedado lisiados gracias a él.

Hay que estar prevenidos en alguno de los puntos establecidos. Hay que esperar durante días y días el anuncio de "Ya viene". Hay que correr y esperar a que la mano de alguno de los que ya están arriba reciba la otra mano, la que quiere subir al mismo carro: a la misma esperanza de no morir en el intento. Hay que permanecer atentos y sin dormir para no caer sobre las vías. Hay que amarrarse a algo, a alguien.

Es un tren que ruge.

Lo llaman *La Bestia.*

El puerto libre

LAS CUATRO mujeres de la casa sabíamos perfectamente que el pueblo donde vivía mi papá se llama *Freeport*. El Puerto Libre.

Y partiendo del nombre uno se puede imaginar un millón de historias. Todas ellas con piratas y barcos cargados de tesoros. Se pueden imaginar, pero eso no significa que sean ciertas.

"En Frípor", se enorgullecía mi madre al contestar cada vez que alguien preguntaba dónde estaba mi papá. "Significa 'el puerto libre', me lo dijo mi hija la grande", agregaba sin necesidad de pregunta alguna, sino por el simple hecho de dejarle bien claro a su interlocutor que su hija la grande, o sea, yo, sabía el suficiente inglés como para traducir el nombre de un pueblo más rascuache que ese donde vivíamos.

A aquellas alturas de mi corta pero productiva vida, mi poco ilustrada generación llevaba cuatro años estudiando inglés. Y no llevábamos más porque apenas íbamos en cuarto de primaria. En vez de ponernos a un maestro a enseñarnos que *pollito-chicken* y *gallina-hen* durante cuatro cursos consecutivos y muy pocas variaciones, mejor nos hubieran puesto canciones o películas en inglés con subtítulos. Así, para ese momento mis compañeras de salón habrían conocido mucho más que cuatro palabras (dos de ellas ya enumeradas).

Porque yo sabía más, muchas más. Y las sabía, insisto, porque soy muy lista y muy pronto me di cuenta de que un día el inglés me iba a ser de gran utilidad. Bueno, decir que soy muy lista es una exageración, porque no se necesitan muchas neuronas para hacer los cálculos de un hecho tan evidente: de ese pueblo en el que vivía, la mayoría de los hombres se van a trabajar a Estados Unidos; y de esa mayoría, más o menos la tercera parte terminarán arreando con la familia al cabo de un par de años. O sea que entre más pronto empezara a aprender inglés, mejor, porque de otro modo no iba a poder cantarle unas cuantas verdades a la gringa que, según la siempre pesimista de mi mamá, le iba a robar al marido; aunque mi Yaya decía que no, que la única loca en este mundo capaz de soportar las mañas de mi papá era justamente ella.

Y no es que mi papá tuviera muchas mañas ni que su señora esposa fuera una santa: es que a mi Yaya, cuando nació, le insertaron un chip que la obliga a seguir las costumbres que una larga lista de generaciones de mujeres han mantenido. Puesto que odiar a los yernos se usa mucho entre la suegras de este pueblo y sus alrededores, mi Yaya, por más que adorara a mi papá, se veía en la necesidad de decir que el esposo de su hija era un patán.

Claro, eso es solo una teoría que se me ocurrió hace muchos, pero muchos años, aunque eso sí, una muy buena. Lo malo es que todas mis teorías se quedaban conmigo, porque mi único público no era muy dado ni a confirmar ni a discutir: en realidad, lo único que se le daba era quitarse la ropa hasta quedar en puros calzones para irse a meter a la pileta de agua, hasta que mi mamá o mi Yaya iban a sacarla a jalones de orejas, amenazándola con no cuidarle el presunto catarro que nunca le dio. Pero como no tenía más remedio que ser mi mejor amiga, a riesgo de perderme como compañera de juegos, se hallaba en la necesidad de oír todas mis "grandísimas e innovadoras ideas"; lo malo es que por lo general solo se limitaba a eso: a oírlas. Luego hacía su inagotable y multiusos gesto de poner los labios en forma de media luna hacia abajo, adelantar la barbilla como las gallinas, alzar las cejas y pelar los ojos, gesto que lo mismo podía significar "Sí, estoy de acuerdo" que "No lo creo, y además no me importa". Por eso, yo tenía muy pocas oportunidades de confirmar o desmentir mis hipótesis; de ahí que, aún ahora, estas suelan quedarse en su estado más puro: en mi cabeza.

Ese ser acuático y casi mudo se llama Mi Hermana y tenía cinco años cuando mi papá se fue a trabajar al gabacho.

Un señor cartero y su bicicleta

MUCHAS niñas de mi salón estaban convencidas de que la mejor defensa es el ataque. Y que el mejor ataque es el lloriqueo.

Si no las querían perdonar por no haber hecho la tarea, lloraban. Si no había dinero para la séptima versión mejoradísima del mismo Pacman que veníamos jugando desde que el mundo es mundo, lloraban. Cuando había que recoger el cuarto pero no tenían ganas de hacerlo, lloraban. Y así hasta el fin de los tiempos.

En mi casa las cosas nunca funcionaron de ese modo. O quizá sí, pero aquellos tiempos de gloria y felicidad quedaron cancelados en el mismísimo instante en el que Mi Hermana vino a dar con su esquelético cuerpo a este mundo.

Mi Hermana no llora. Y si fuera solo ese hecho aislado, el suyo no sería un caso particular. No llorar es solo una de las muchas cosas que no hace. No se peina, no se deja hacer trampa en nada, no se queda atrás, no dice más palabras de las necesarias. Viene de otro planeta o está hecha de un material distinto del terrestre. En todo caso, con ella solo hay dos opciones: es una iluminada o está loca.

Incluso mi Yaya, que (con perdón de mi madre) es la mujer más sabia que este mundo haya visto nacer, reconoce que con Mi Hermana no se puede.

Sus respuestas son justas y acertadas, cuando las hay; sus acciones son precisas y carecen de motivo aparente; sus reacciones jamás sobrepasan el límite de la cordura y, sin embargo, nunca son las que cualquier gente normal tendría. Además, su apariencia de salvaje encuerado y desconocedor del peine también ayudaron a la percepción que el mundo tenía de ella. Los pelos solo se le aplacaban cuando mi papá le echaba unas gotas de limón, pero como en el momento en el que esta historia sucedió mi papá llevaba mucho tiempo sin estar en casa y, por supuesto, sin aplicarles limón a los pelos necios de Mi Hermana, ella llevaba exactamente el mismo tiempo viviendo (según palabras de mi Yaya) en su versión de "la madre del viento", o sea, con el pelo al más puro estilo punk radical.

Y dado que llorar es algo que ella no hace, yo no podía quedarme atrás. ¿Cuándo se ha visto que una hermana mayor de casi ocho años suelte la lágrima mientras su hermana menor la contempla con ojos reprobatorios? Nunca. Soy lista, pero también muy apegada a las costumbres, así que no iba a ser yo la que empezara esa innoble tradición.

Así que, cuando vimos irse a mi papá, lo despedimos con una sonrisa. Cuando se nos murió el perro, lo enterramos con toda pompa y circunstancia. Si nos caíamos, nos sobábamos con saliva. Si nos regañaban, buscábamos un sitio apartado donde poder reírnos después. Si nos querían aventar un chanclazo, encontrábamos una trinchera.

Se llama Mi Hermana, aunque hay gente que suele decirle por su verdadero nombre, Angélica. Además de estar loca es mi mejor amiga, y quizá se debe a que los genes de mi familia impiden el nacimiento de hijas más o menos normales. Como contra la genética no hay mucho que hacer, las dos hemos aceptado nuestro destino y somos cómplices en básicamente todo. Sobre todo en las cosas más idiotas. Como haber perseguido a un señor en bicicleta todos los lunes y los viernes de un año completo.

Cada vez que llegaba carta de mi papá, las dos corríamos detrás del cartero para darle las gracias.

La primera vez lo hicimos porque somos muy tontas pero también muy propensas a ponernos de buen humor, y recibir la primera carta de un papá que se fue a Estados Unidos es una de las cosas que mayor felicidad pueden provocar en esta vida. Las siguientes corretizas se debieron a que al señor cartero le caímos tan en gracia que le dio por llevar dulces en el bolsillo de la camisa.

La rutina consistía en que él tocaba el silbato en nuestro honor, deslizaba la carta por debajo de la puerta y Mi Hermana y yo salíamos hechas unas locas a perseguirlo, mientras él le daba la vuelta a la manzana muerto de risa. Luego volvía a detenerse en mi casa y sacaba algunos dulces (de distinto tipo cada vez), que nos regalaba antes de retomar el reparto.

Aquello era la felicidad extrema: juego, dulces y, sobre todo, noticias de mi papá. Todo junto en los mismos tres minutos.

A veces, hasta parecía que todo estaba bien.

Segunda rama:
La Bestia Negra

SE LLAMABA Ramiro y siempre soñó con tener una camioneta roja de doble rodada.

Venía de un pueblo llamado San Pedro que queda lejísimos de cualquier mar; quizá por eso tomó la determinación de ir a casarse con su novia de toda la vida en el puerto de San Blas. Llegarían en una camioneta roja de doble rodada adornada con moños blancos para la ocasión. Él se bajaría, enfundado en su traje, y correría a abrirle la puerta a ella, para que todos los invitados, que ya los estarían esperando, se asombraran de lo hermosa que se vería en su traje blanco de novia orgullosa.

Pero para eso se necesitaba dinero, y ese no se veía por ningún lugar de San Pedro. Había que irlo a buscar a otro lado. Al Otro Lado.

Se llamaba Ramiro y nunca pudo cumplir sus sueños, porque para llegar a Estados Unidos eligió como medio de transporte la Bestia Negra: el tren de la muerte.

Pestañeó un poquito y eso fue suficiente. El tren le pasó por encima y lo dejó sin piernas.

Adiós a sus sueños de salir corriendo a abrirle la puerta a su futura esposa.

Adiós al sueño de salir corriendo a cualquier parte.

Se llama Ramiro y vende reproducciones de cuadros famosos enmarcados por él mismo, en la orilla de una carretera en Chiapas. El que más le compran es uno que pintó Frida Kahlo y que lleva un letrero: "Pies para qué los quiero si tengo alas pa' volar".

Champurrado y poca lluvia

EL LUGAR:
Un pueblo con río. Cerca del río una calle. En
la calle una casa pintada de blanco con la puerta negra y muchas flores en las ventanas. Asomadas a una de ellas, dos mujeres con la cabeza
hacia el cielo.

EL MOMENTO:
Una semana después de que mi papá se fuera
a vivir a Freeport. Tres meses antes de mi cumpleaños número ocho. Unas horas más tarde
de que mi hermana aceptara ponerse camiseta,
después de pasar el día entero chacualeando en
la pileta del lavadero mientras descabezaba mis
muñecas, les rellenaba el cuerpo de agua y las
agujereaba con un alfiler que luego yo trataría

de usar como arma, persiguiéndola por toda la casa, hasta que mi mamá nos agarrara de las orejas (una de cada una) y nos pusiera a trapear.

Las protagonistas:
Dos mujeres asomadas a la ventana. La primera saca la cabeza bastante a lo menso porque de todos modos no puede ver nada (es ciega), pero siempre ha insistido en que nomás con el olor puede distinguir las cosas. La segunda es la hija de la primera y, aunque finge estar ahí muy por sus ganas, en realidad le está contando a la otra lo que ocurre en la calle. La conversación no es muy animada porque en la calle no está pasando nada.

Los personajes secundarios:
Mi Hermana y yo, que en aquel momento poníamos nuestra mejor cara de invisibilidad, aunque con pocas esperanzas de salir bien libradas de la tormenta que se avecinaba. Yo no sé a qué se deba, pero es un mal mundial, y pensaría que incluso los marcianos o los venusinos lo padecen: cuando los grandes se pelean, a los chicos siempre les toca algún guamazo. No importa si el problema es la carencia de trigo o lo cara que está la carne: uno, como hijo, debe asumir la responsabilidad de que alguna vela habrá prendido en el entierro. No se sabe bien cuál.

Yo por eso tenía bien claro que de grande iba a tener como siete chamacos. Así, mientras uno iba a la tienda a comprar la mitad de las cosas de la lista que se me habían olvidado completamente un rato antes por estar chismoseando con las otras señoras del mercado, los demás podrían hacer las labores domésticas o sufrir algún tipo de penitencia adelantada por la travesura que, segurito, iban a cometer.

El conflicto:

El que sea. Mi mamá y mi Yaya siempre supieron cómo tener alguno muy a la mano. Si la una decía "atole", la otra que "champurrado"; si era cosa de ir, a una de ellas le daba por regresarse. En el caso que nos ocupa, yo creo que se trataba de pura y simple aburrición.

—Ya se puso negro el cielo, ¿verdad? —preguntó mi Yaya, dizque olisqueando el ambiente.

—No. Nomás se nubló tantito —respondió mi mamá mientras atestiguaba que unas nubes oscuras y densas empezaban a cubrirlo todo.

—Pues no te creo. Va a llover. Es más, en media hora, a más tardar, empieza el aguacero, ¡bendito sea Dios! —dijo la Yaya agradecida con el altísimo cielo y sus milagros meteorológicos. Y lo dijo, supongo, porque ya estaba harta de ese calorón que la dejaba sin la mayor de sus diversiones: ver pasar gente en la calle. Y no, no está mal el verbo. Mi abuela los veía a todos aunque desde los catorce años los ojos solo le sirvieran para mirar hacia adentro.

Mi Yaya decía que mi mamá y yo éramos sus ojos, o al menos lo eran nuestras muy detalladas descripciones de lo que pasaba en la calle. De Mi Hermana no decía nada porque ella nunca ha sido de fiar; como nunca se ha enterado de nada, sus maravillosas narraciones se limitaban a frases del tipo "Ahí va una señora", lo cual no es exactamente un ejemplo de claridad. La señora en cuestión lo mismo podría haber sido Lady Di que la madrina Concha; ella no se daba cuenta o, simplemente, no le importaba, así que cuando mi Yaya le pedía mayores detalles del físico, de lo que llevaba en las manos, del peinado, ¡de cómo era!, solo contestaba: "Pues es así, como una señora, y va caminando". Y luego hacía su infaltable gesto, antes de empezar a luchar con los botones del vestido en turno.

Pero la Yaya, más que por las descripciones, siempre se guio por el recuerdo.

Este pueblo es chico, aburrido, terregoso y pobretón, así que no hay mucha gente que por sus propias ganas decida venir a vivir aquí, pero algo tendrá en medio de toda su fealdad, donde los que aquí ya estamos tampoco queremos irnos. Solo los hombres, que se van a trabajar y luego regresan. O no regresan y se consiguen otra familia. O se llevan la que tenían. O se mueren en la frontera. O cosas así, pero querer-querer, nadie quiere irse, así que las fisonomías que mi Yaya conoció antes de quedarse ciega se siguen repitiendo a lo largo de las generaciones. Así que mi abuela recomponía, mezclaba, y de la nada conseguía unas descripciones perfectas. "Si la Luzma es una Martínez, seguro tendrá pecas; pero como se casó con un López, que tienen los brazos gordos y la nariz ganchuda, da por resultado un hijo que no es feo, pero que parece cuervo con viruelas". Casi siempre le atinaba, y cuando no, le hacíamos creer que sí.

—¡Que no va a llover! En todo caso, nomás caerán unas gotitas. Vas a ver que el agua nada más nos va a venir a alborotar el calorón —replicó mi mamá—. Es más, voy a ponerme a lavar ahorita mismo para aprovechar que va a salir un solazo al ratito.

—Pero si ayer lavaste todo —rezongó la Yaya.

—Me faltaron las sábanas, las toallas y tu colcha, que está muy puerca.

—Eso también lo lavaste ayer —le recordó mi abuela.

—¿Tú qué sabrás, si no ves? —alegó la respondona de mi madre.

—Soy ciega pero no mensa. Y nomás dices que vas a lavar porque naciste contreras, y contreras vas morirte.

—Contigo no se puede hablar. Mejor me pongo a lavar de una vez.

Veinte minutos después del último diálogo, cayó la primera gota.

Mi Hermana y yo nos escondimos, porque la verdadera tormenta, anunciada por una risita de la Yaya y un gruñido de mi mamá, se avecinaba.

Y ahora viene el momento de revelar el principal secreto de la relación entre mi madre y mi abuela: ambas son unas mentirosas de altísimo nivel.

Mienten porque sí, o porque no les gusta el mundo y quieren componerlo a punta de mentiras. O porque se aburren o porque opinan que la verdad pelona no hace tanta gracia como la adornada. O porque habían sido el único consuelo la una de la otra demasiado tiempo y a esas alturas ya no sabían cómo era que la verdad tenía que ser dicha: ya se sabe que los consuelos, cuando se toman en serio su papel de consolar a alguien, tienen que ser una reverenda mentira.

Otro dato importante. Mi Yaya es ciega, se quedó viuda muy joven y no sabe cómo es la cara de su única hija. Con eso el panorama de las consolaciones comienza a abrirse.

El fin de la historia:
Esa noche merendamos champurrado y también atole.

Muertos

En mi pueblo la Navidad comienza con los Muertos.

Una semana antes de que termine octubre, los preparativos se ponen en marcha porque los días primero y dos de noviembre, que para mayor facilidad son conocidos simplemente como *los Muertos,* dan inicio las mayores diversiones del año. Primero el cementerio, los altares y la preparación de comidas. Luego el cumpleaños de mi mamá. Después la siempre terrible carrera de las aspirantes a *miss,* con su venta de boletos y recaudación de fondos previa a la coronación y a la feria, con sus múltiples kermeses. Y de pronto diciembre se nos deja venir en forma de la fiesta de la Purísima, para, al final, chocar de frente con la Navidad, que siempre llega de pronto y sin dar mayores anuncios. Como deben hacerlo las mejores celebraciones.

Las celebraciones del año de la ausencia de mi papá echamos la casa por la ventana. ¡Éramos ricas! O casi. De Estados Unidos nos llegaban carretadas de dinero (o más bien envíos), paquetes con ropa, juguetes y hasta aparatos eléctricos, que disfrutaron de un sitio preferencial sobre alguna carpeta tejida para la ocasión y luego fueron a dar al fondo del ropero sin haber debutado jamás. Grandes fiestas. Vestidos nuevos para Mi Hermana y para mí. Bufandas para mi Yaya. Aretes para mi madre. ¡Pura felicidad!

Las celebraciones del año de la ausencia de mi papá fueron las más tristes que yo recuerde.

Las cuatro, sin decirlo, nos propusimos firmemente hacer felices a las otras tres. Dos meses de tregua entre mi mamá y mi Yaya. Dos meses de Mi Hermana dejándose peinar cada tercer día. Dos meses en los que yo me callé lo que de verdad estaba pensando, para convertirme en una hija modelo, de esas que van a ofrecer flores a la iglesia, hacen lo que se les pide y no se aíslan del mundo entre las páginas de un libro.

Dos meses en que las cuatro andábamos risa y risa de la mañana a la noche.

Pero solo hasta que el sol se ocultaba. Solo hasta que el día terminaba de dar luz a las luces y la noche comenzaba a ensombrecer las sombras. Solo hasta llegar a la cama, porque ahí la verdad se destapaba como llave y nos salía por los ojos en forma de silenciosos lagrimones. Cada una lloraría noche tras noche por razones diversas, cada una lo haría a su manera; lo único común era que las cuatro fingíamos no oír los sollozos para no romper el frágil hilito del que pendía nuestra falsa felicidad.

Así nomás, a golpe de recuerdo, no tengo idea de cuál fue mi regalo de Navidad, pero podría reconocerlo si aún existiera la caja de cartón donde se guardan los tristes juguetes que nunca fueron suficientemente jugados. Así de golpe, tampoco la memoria me ayuda cuando pienso en el pavo. Sé que cenamos pavo pero no soy capaz de recordar su sabor. Pavo con sabor a elefante bien escondido en mitad de una cancha de futbol.

Un lugar sin nombre

¿Adónde se van las cosas que no se guardaron
bien guardadas? ¿Dónde quedarán los recuerdos que no se recuerdan, los sueños que no al-
canzaron a ser parte del despertar? ¿Qué será
de la gente que una tarde abrazamos con fuerza
frente a una cámara fotográfica, creyendo que
serían nuestros amigos inseparables o amores
para toda la vida, y de quienes después no nos
queda ni el nombre? Todo va a dar al mismo sitio. Uno que nadie ha bautizado. Uno al que
nadie quiere ir. Uno donde no hay mucho que
buscar porque nada dejó huella. Uno donde yo
pasé las navidades de la ausencia.

Éramos cuatro pero estábamos solas.

Cartas y más cartas

LAS MEJORAS tecnológicas son una cosa maravillosa que ha acercado a los humanos al cielo de los dioses. Hicieron posibles las vacunas y los trasplantes de órganos; proveen de agua a los desiertos; ayudan a que los helados sean más cremosos; les dan voz a los juguetes; traen el resto del mundo a las puertas del hogar. Sobre todo, nos han hecho saber lo lejos que estamos de ser importantes en este planeta tan lleno de vida que florece hasta debajo de las piedras.

Las mejoras tecnológicas son también una cosa despreciable que ha arrasado con varios millones de personas. Hicieron posible la abominación del chocolate blanco (que sabe, huele y se ve como manteca); lograron que los castillos para princesas hechos con cajas de cartón fueran patéticos; nos hicieron creer que los humanos teníamos poder sobre la vida y la muerte del resto de los habitantes del planeta, y además consiguieron que el mejor oficio del mundo, el de cartero, se convirtiera en una curiosidad para viejitos.

Pero hay cosas que ni todos los científicos del mundo reunidos podrían haber pronosticado: que las cartas escritas a mano estaban peligro de extinción.

Cuando el mundo estaba en sus 1988 años después de Cristo, las redes sociales, el correo electrónico y Skype aún estaban por inventarse. Nadie sabía de conexiones permanentes a la red, nada de archivos adjuntos, nada de fotos compartidas y emoticones. Nada de nada. El mundo estaba más cerrado, pero los carteros salían todos los días con la esperanza de entregar aunque fuera una sola buena noticia (con una les bastaba) escondida entre tanta deuda por cobrar y tanta desgracia por leer. El mundo estaba más cerrado, pero mientras unos trataban de no llorar para no correr la tinta en la carta que escribían, otros buscaban rociar perfume sobre una hoja que diría, con letras y un olor, lo que las palabras habladas no habían logrado revelar. El mundo estaba más cerrado pero la gente escribía cartas. Que eso ya no ocurra es un verdadero desastre.

Y sí, lo anterior fue una rama más, porque de lo que yo quería hablar es de las cartas de mi papá. Las mentirosas cartas de mi papá.

A su tremenda falsedad cuando escribía "Tengo mucho trabajo, ni tiempo me da para ponerme triste", nosotras respondíamos con otro flagrante embuste: "A Angélica ya se le empezaron a caer los dientes y lo celebramos yendo por un helado. Todo muy bien por acá".

Y así, cartas iban y cartas venían. Sílabas formadas con la casi única finalidad de engañar al destinatario. Aunque engañar, no engañaban a nadie. Nosotras sabíamos que mi papá sí que estaba triste, mucho. Y lo sabíamos porque nosotras mismas lo estuvimos cada amanecer de aquel año, y eso que al menos teníamos el consuelo de tenernos las unas a las otras. Él, por su parte, estaba solo.

¿Por qué ante la tristeza o el enojo preferimos la mentira? ¿Por qué no soltar unas cuantas verdades de vez en cuando?

—Porque tu papá no la tiene fácil. Imagínate lo mucho que nos extraña allá, tan solito, y si encima le echamos nuestras tristezas, pues va a ponerse mucho peor —mi mamá trataba de razonar conmigo.

—Pero si él está triste, nosotras estamos tristes y todo es llanto, ¿no sería mejor decirnos la verdad? A lo mejor soltándole de frente que nos sentimos de la patada conseguimos que nos explique qué diablos anda haciendo en un lugar tan lejos de todo y en donde, de todos modos, está peor que antes de que se fuera.

Ante ese tipo de cosas, mi mamá prefería hacer como que le había llegado al fondo del alma el dolor que estaba padeciendo la protagonista de la telenovela en turno por haber recibido alguno de los cuarenta y ocho golpes mortales que suelen recibir capítulo a capítulo. Solo así se permitía llorar.

Tercera rama:
Cazadores de migrantes

Sobrevivió al desgraciado coyote que le prometió cruzarla a Estados Unidos a cambio de 5 000 dólares, pero que en vez de eso la golpeó hasta dejarla inconsciente para luego robarle todo lo que tenía.

Sobrevivió a la espera interminable en Tijuana mientras trabajaba de lo que se pudiera para conseguir el dinero y volver a intentarlo.

Sobrevivió a los cazadores de migrantes que la acechaban como el coyote acecha a las gallinas.

Lo que la hirió de muerte fue el turco que le tendió la mano cuando estaba a punto de desmayarse de hambre y de frío en las nevadas calles de Chicago.

Se enamoró perdidamente.

Al tercer año de estar juntos, Lupita y Ahmet

por fin pudieron tener una conversación en el mismo idioma.

El hijo mayor se llama José Mahmet; la chiquita, Hope.

Mientras tanto,
en el otro lado…

EL AEROPUERTO Intercontinental de Houston lleva por nombre IAH y es igual de aburrido que todos los aeropuertos. Solo tiene dos gracias: fue el primero que conocí y fue el encargado de recibir en suelo gringo los cansados pies de mi papá, que venían hinchados de tanto estar sentado en el autobús que lo transportó por medio México hasta llegar a la frontera, donde finalmente tomó el avión que lo conduciría a los dólares y la riqueza extrema.

La comunidad de mexicanos en Estados Unidos tiene una especie de reglamento, cuyo primer y más importante artículo suele cumplirse al pie de la letra: hacer todo lo que se pueda (o más) por los recién llegados.

Mi papá, como dice mi Yaya, cayó en blandito.

Llegó con la familia política de una hermana, pero eso no importa porque de todos modos
no los conocía, nunca los había visto y el único
contacto que había tenido con ellos fue una llamada telefónica en donde se hicieron las presentaciones, le dieron instrucciones para llegar
y le avisaron que quizá los primeros días iba a
estar un poco incómodo.

Mientras que mi mamá se imaginó que la incomodidad iba a consistir en que su esposo tuviera que dormir en la calle, rodeado de perros
hambrientos y ratas rabiosas, yo pensé que lo
pondrían a barrer, trapear y sacudir, que es la
forma de infierno que a mis ocho años yo más
temía. Mi Hermana no pensó nada porque creo
que no sabía exactamente qué significaba la palabra *incomodidad* y tampoco la consideró tan
importante como para averiguarlo. La Yaya opi-
nó que estaban todos locos y se fue a prenderle
una veladora al Santo Niño de Atocha, patrono
de las causas desesperadas.

Pero la incomodidad se reducía a tener que
compartir la recámara con dos niños muy pre-
guntones, muy platicones y muy simpáticos que
hablaban en puritito inglés y eran los nietos del
dueño de la casa.

La familia Centeno es numerosa y apapa-
chadora, y los domingos hace *bárbiquiu* (que es
como se le debe decir a la carne asada desde el

mismísimo instante en el que uno cruza el Río Bravo). La familia Centeno se merece un lugar en el cielo porque hicieron todo lo necesario para que mi papá pasara sus primeros días en Gringolandia lo mejor posible. Don Juan, el patriarca, le dio dos días para recuperarse, asentarse y tomar cerveza. Luego tomó del brazo a su hija mayor y los dos juntos llevaron a mi papá a conocer a un amigo del yerno de cierto compadre (o algo así), que era contratista, pagaba los mejores salarios en kilómetros a la redonda, hablaba poco y lo hacía en inglés; para más señas, lo llamaban el Míster, y aunque su nombre venía en todos y cada uno de los cheques con los que les pagaba a sus empleados, nadie pudo nunca recordar cuál era. Y no, contar aquí que don Juan tomó del brazo a su hija no es una rama más: es el verdadero motivo por el que mi papá pudo conseguir un buen trabajo a los pocos días de haber llegado. Un trabajo, además, por el que había lista de espera de al menos unos tres meses. Y ese motivo se llamaba La Hija de Don Juan, a quien el Míster le había echado el ojo desde hacía tiempo.

Por tratarse del *amigou* Juan y de su *beautiful* hija, el Míster aseguró que le daría trabajo a mi papá lo antes posible. Y aquella frase fue todo un acontecimiento, no solo porque el gringo aquel se atrevió a bromear (o al menos eso pensó él al momento de decir *amigou*), sino porque hizo lo nunca antes visto: sonreír. Les sonrío a los ojos coquetos de su futura esposa.

Gracias a una sonrisa y a unos ojos bienintencionados, mi papá estaba poniendo techos a la semana de haber llegado a suelo estadounidense. Una quincena más tarde recibió su primer cheque y nos hizo el primer envío. Un mes después, los billetes que guardaba en el fondo de su maleta comenzaron a dar los primeros síntomas de una sana alimentación: engordaron lo bastante como para ser llamados *ahorro* en vez de *tristes veinte dólares.*

A los dos meses, mi papá juntó el dinero suficiente para irse a vivir solo a pesar de que don Juan y toda la familia Centeno le rogaron que se quedara. Pero él, terco, insistió en alquilar una especie de bodega destartalada para luego, poco a poco y con sus propias manos, convertirla en casa y llenarla de muebles.

La cama llegó primero. Luego otra. Una más. Después, a los seis meses de que mi papá llegara a su nueva casa, lo harían la estufa y el refrigerador. Este hecho sorprendió a todo mundo: sus amigos no se explicaban cómo alguien podía necesitar tres camas con mayor urgencia que un mueble que mantuviera la leche lejos del estado de descomposición.

Yo sí lo entendía: los productos perecederos

le hacían mucho menos falta que un colchón donde acomodarse por las noches. La comida se consigue en cualquier *diner*, la seguridad que otorgan unas sábanas de tu propiedad, una almohada ajustada a la forma de tu cabeza y unas cobijas que lo mismo sirven para proteger del frío que de los malos pensamientos, solo puede crearse en un sitio al que puedas llamar Mi Casa.

Mi papá tenía un trabajo bien pagado que le permitía mantener a su familia en México, tenía amigos, los sábados se iba a pescar al puerto libre de Freeport y los domingos pasaba a formar parte de la familia de don Juan.

Mi papá no estaba del todo mal, pero los arranques de nostalgia le nublaban la vista a menudo y encogían el diámetro de su garganta, que se achicaba y se achicaba hasta que ya no le era posible dejarle espacio al más delgado de los hilos de saliva, que terminaba convirtiéndose en un nudo.

No estaba mal, pero se fingió enfermo en la Navidad y la pasó solo porque no podía soportar a otros padres con otros hijos que no fueran él, Mi Hermana y yo.

No estaba mal, pero hacía horas extra hasta casi matarse de cansancio con tal de no llegar a las soledades de su casa.

No estaba mal, pero cada día le costaba más

trabajo inventar mentiras para contarnos en sus cartas.

Mi papá no estaba mal, pero sentía que la vida se le iba por el agujero que la nostalgia le había hecho en el cuerpo.

Buenas noticias

TELEGRAMA de entrega inmediata para mi mamá (pitido doble y triple ración de dulces porque los telegramas son los más traicioneros de todos, pensó el señor cartero).

HARTOME FRÍO. VENGAN O VOYME.
MÁNDOLES DINERO.
TU MAMÁ QUE CUIDE CASA O VENGA
CALLADITA.
ABRÁZOLAS.

La vida que regresa

Sᵢ aquel año sin mi papá había sido una pausa en la peli, el mes siguiente transcurrió en un aleteo de mosca que nos hizo pasar de un solo golpe de botón todo lo no vivido. Aquel mes se llamó Preparación para el Reencuentro.

Compra de maletas.

Adelanto de materias escolares.

Preparación de comidas transportables al por mayor (cortesía de todos los vecinos).

Idas y vueltas a la capital del estado.

—¡Faltó tu acta de nacimiento! —mi mamá le reclamaba a la Yaya.

—¡Que no voy, no voy y no voy! ¿Para qué, si de todos modos el barbaján de tu marido no quiere que vaya? —respondía por enésima vez.

—A ver, m'hija, búscale en su baúl —me pedía mi madre mientras pensaba en el nuevo modo de decirle a su propia mamá que lo que estaba escrito en el telegrama era una broma.

—¿A poco estás tan viejita, Yaya? —le pregunté a la abuela en cuanto abrí el baúl y encontré, muy ordenaditos y hasta arriba de todo, los documentos que mi abuela ya sabía que le iban a hacer falta para tramitar el pasaporte. No sé cómo lo hacía, quizá por la forma de las hojas, tal vez por el olor del papel; a lo mejor llevaba engañándonos toda su vida y en realidad sí veía, pero aún sigo asombrándome de lo poco ciega que siempre me pareció mi Yaya. No solo hacía todo lo que se le viniera a la mente casi sin necesidad de pedir ayuda: además era capaz de ver hasta donde nuestros perezosos ojos, habituados a ver sin mirar de veras, no lograban llegar.

Rama extra, aunque no del todo innecesaria.

—¿Ya ves? Por culpa del sinvergüenza de su padre estas niñas ya ni me respetan. "Que venga calladita", dice. ¡Sí, claro! Como tiene miedo de que le diga sus verdades, me quiere traer como perro: ¡amarrada y con bozal!

—¡¡Que no era en serio, mamá!! Así se llevan ustedes, y el que se lleva se aguanta.

—¿Yo cuándo le he faltado al respeto? Si acaso, alguna bromita inocente para hacernos la vida más agradable.

—¿Y él cuándo te lo ha faltado a ti?

—¡Ay, señor, señor! ¡Qué cruz con este hombre! —terminaba la discusión mi Yaya con el mismo argumento (que ni argumento era) cada vez.

Luego no salía la foto. Después, que faltaba mi credencial de la escuela. Y así, las horas se hacían días, y los días llegaban a su fin sin que las noches fueran ya aquella cima que había que subir trabajosamente. De pronto el cansancio y luego el sueño. El bendito sueño.

Mi mamá me pidió que le diera clases aceleradas de inglés y aprendió a decir *dólar*. Pero solo aprendió el singular de la palabra: por más que me esforcé, nunca pude hacerle comprender que cien dólares son exactamente eso.

—¿Entonces nos va a costar cien dólar la visa?

—Dólares, ma.

—Por eso.

Mi Yaya me suplicó que la llevara a despedirse de todas sus amigas.

—¿No que no ibas a ir con nosotras?

—No voy a ir, pero mejor me voy despidiendo porque se me hace que de la casa nunca vuelvo a salir… ¡Me van a encontrar muerta!

Mi Hermana permitió que le enseñara cómo hacerse una cola de caballo, y un buen día las cuatro nos paramos enfrente de la cámara fotográfica de la oficina de pasaportes.

Una semana después teníamos los boletos comprados y asientos preferenciales. Es lo que tiene de bueno viajar con una viejita ciega, una mocosa a la que no se le entiende cuando habla y una niña que muy convincentemente pasa por mensa.

Veinticuatro horas antes del viaje, mis papás habían pactado la llamada telefónica más inútil de la historia de la telefonía mundial.

—¿Bueno, bueno? ¡No te oigo! —gritaba mi mamá al teléfono.

—*Mhtjsj sssss trrrrrrrrstpe porquthsld trrrrr* —contestaba mi papá, o al menos eso pensábamos, porque por más que nos esforzamos nunca pudimos distinguir bien a bien si la voz pertenecía al autor de mis días, a una grabación o a unos extraterrestres intentando establecer comunicación con un pueblo perdido de la República Mexicana.

—¡Que no te oigo! ¿Tú sí?

—*Trrrrrrrrrrrrrrrrrrrrrrrrrrrrrrrrrrrr.*

—¡Llegamos pasado mañana! ¡No te vayas a hacer bolas: mañana es día diez! ¡A las meras cuatro, dice el boleto! —seguía gritando mi mamá, aunque sin muchas esperanzas de ser entendida.

—*Trrrr trrrr trrrr sssssssssssssssssss pipipipipí.*

—¡¿Me oíste?! ¡Siempre sí va mi mamá!

—*Pipipipí.*

Mi mamá se separó el teléfono de la oreja y me miró con una cara que me hizo comprender el origen de los misteriosos gestos de Mi Hermana.

—¿Qué dice? —le pregunté mientras tomaba la bocina para ver si yo podía escuchar algo.

Pipipipí.

No, mi papá no se había convertido en pájaro: se trataba simplemente del tono de llamada concluida. Pero aquello no tenía la menor importancia.

Sin dirección.

Sin saber si alguien esperaría por nosotras en el aeropuerto o no.

Sin que la aplastante mayoría del convoy rumbo a Houston supiera media palabra de inglés.

Sin dinero, o casi.

Sin ninguna razón aparente para confiar en el futuro, estábamos felices.

Casi a punto de emprender el vuelo hacia el puerto libre.

Cuarta rama:
Coyotes

Cuando los señores Cortés hicieron las maletas, las hicieron pensando en seis meses de ausencia.

Eran dos maletas no muy grandes, porque para vivir en California no iban a necesitar muchos suéteres y casi ninguna chamarra. Sobre todo, no en aquella época del año, la de la cosecha, que es en lo que habían conseguido trabajo gracias a unos parientes.

El coyote que los pasó tuvo a bien no tranzarlos.

No se encontraron con la *migra* ni con los cazadores de ilegales.

Llegaron sanos y salvos y todavía pudieron ir a conocer Los Ángeles antes de empezar con su trabajo de recolectores. Ella, de algodón. Él, de jitomates.

El plan era muy claro: seis meses y basta.

O bien volver con sus hijas.

O mejor aún, llevárselas.

Al quinto mes, la señora Cortés empezó a sentir fuertes dolores.

Al octavo mes de su ilegal estancia en California, la estaban enterrando.

Sus restos no fueron repatriados, ni en su ataúd pusieron bandera alguna.

Está enterrada en la orilla de un campo algodonero.

Al señor Cortés le fue muy bien. Una señorita venida de Carolina del Norte se encaprichó con aliviar el dolor de su pérdida.

Hace siete años que las hijas de la familia Cortés no saben absolutamente nada de sus padres.

Hasta hace poco tiempo, las todavía niñas aún pensaban en ser mayores de edad con el único fin de agarrar sus pocas pertenencias para irlos a buscar.

Hoy ya casi no se acuerdan de ellos.

El aeropuerto de ida

Los COMPADRES Aguilar nos hicieron el favor de llevarnos hasta la capital para poder tomar el avión.

Y allá nos fuimos. Dos escuinclas (una bien peinada y la otra más o menos), una viejita ciega y una señora vuelta loca de los nervios que, encima, fue a buscar palabras tranquilizadoras en quien menos podía darlas: la comadre Aguilar, de quien debo aclarar que es antimilagrosa. El *anti* se debe a que ella ha conseguido, a fuerza de paciencia y mucho trabajo, quitarle la voz a su marido. Mientras que los milagros verdaderos hacen caminar al que no puede, sanar al que no tiene salud y darle vida a quien no la tenía, la comadre ha dedicado buena parte de su vida de casada a dejar mudo a su marido. Después de veintidós años de trabajo duro y constante, lo logró. Para aquellos momentos el compadre hablaba poco, y jamás en presencia de su esposa. Cuando murió, ya había perdido el don del habla casi por completo, y hay quien dice que también el del oído, porque viene a resultar que para lograr lo que parecía imposible, la comadre se dedicó durante toda su vida a hablar sin pausas y con mucha prisa, por lo que suena bastante lógico que su esposo hubiera decidido por él mismo tapiarse las orejas con tal de no escucharla. Yo lo hubiera hecho.

—…y entonces que los agarran y que los meten a la cárcel —la comadre terminó su cuarta historia después de quince minutos de haber iniciado la primera.

—¡No me diga, comadre! ¿Y todo porque en la aduana confesaron que no llevaban dinero? —preguntó alarmadísima mi madre, pensando en los tristes treinta y siete dólares que llevaba en la cartera y que era todo lo que nos había quedado después de pagarnos el viaje. Y mi papá, entre las carreras y la poca (y con mucha razón) confianza que les tiene a las virtudes administrativas de su mujer, decidió que ya mejor no le mandaría más porque de todos modos un propio habría de recogernos en el aeropuerto, y allá todo volvería a la normalidad, o sea, él a mantenernos como Dios manda.

—¡Y cómo no! Si esos pobres infelices llegaron nomás con lo puesto, lo más normal es que la *migra* se las oliera que iban a trabajar de ilegales… Como siempre digo, más vale prevenir, y los gringos son reteprevenidos, así que en vez de tener que lidiar después con tres mojados, prefirieron ponerlos de patitas en la calle luego luego… Yo en su lugar mejor declaraba que llevo, ¿qué será?, pos unos diez mil dólares… —aseguró mi madrina.

—¡¿Tanto?! —mi señora madre se alarmó un poco más (cosa que parecía imposible de lograr).

—Pues sí… Porque como van a estar tres meses del otro lado, los gringos tienen que asegurarse de que van a poder mantenerse sin necesidad de quitarle su trabajo a una gringa afanadora, usted misma eche cuentas… Pero a mí se me hace que con los diez mil dólares que le digo que declare en la aduana del aeropuerto, hasta corta me estoy viendo. Pero bueno… ni caso me haga, comadre, porque de estas cosas no sé nada… Yo nada más le comento —terminó su aleccionador discurso con aquella gloriosa frase, que en sus labios sonaba a orden inmediata de general de la tropa.

El resto del viaje lo pasamos todos en silencio, dizque oyendo el recuento de las múltiples enfermedades (con su correspondiente y detallada cura) de la comadre Aguilar.

Yo nada más les comento…

IAH

LAS PRIMERAS veces son siempre inolvidables. O al menos las primeras veces que la memoria decide conservar. Mi primer vuelo en avión permanece tan fresco en mi recuerdo como si lo estuviera viviendo.

Sobre todo porque cometimos una amplia variedad de ridículos de los que por pudor no voy a hablar. Lo que sí hace falta decir es que a todas las aeromozas les cayó tan en gracia aquel grupo que conformábamos que hasta nos pasaron a primera clase. Libros para colorear, crayones, jugos y tés varios, comida hasta reventar, una silla de ruedas motorizada y hasta con chofer incluido, y demás artilugios con los que todo el mundo se dedicó a consentirnos. Aquello era el cielo, y para comprobarlo bastaba echar un vistazo a través de la ventanilla.

Las nubes son una cosa muy extraña. A mí que no me vengan con que el agua evaporada y la condensación y las arañas. Las nubes son otro mundo. Más bien, el piso donde se sostiene ese otro mundo. Uno donde puedes ir por la vida descalzo sin temor a cortarte con un vidrio, porque allá arriba no hay cristales. Todo está hecho del mismo material que las nubes, y como ellas, todas las cosas flotan, y tú también.

Las nubes tienen sus montañas y sus ríos. Las nubes son un mundo mejor. Uno donde todos los países van ligeritos al mismo sitio. Donde se puede saltar de uno a otro sin que algún ranchero sombrerudo y de cuello rojo quiera cazarlo con su escopeta calibre dos millones, sin que la gente pierda la vida o las extremidades en los trenes (porque en el país de las nubes no hacen falta), sin que las familias se descuajaringuen toditas (porque allá arriba sería imposible construir muros o tender líneas divisorias).

Las nubes, en realidad, son solo nubes, y sobre ellas no vive nadie, pero por uno de esos milagros que la vida a veces nos regala, a veces parece posible.

Aquel viaje parecía tener todo a su favor.

Hasta que llegó el momento de bajar y bajar y bajar, y mis brazos quedaron marcados con los dedos con los que mi Yaya se aferraba mientras le rezaba a cuanto santo pudo recordar.

Alguno de ellos seguro la estaba escuchando, porque a pesar de la tempestad (producto de aquel maravilloso banco de nubes que a mí me hizo ligero el viaje, pero que luego causó estragos en la aeronáutica), el piloto pudo aterrizar.

Ladies and gentlemen, we are arriving to the Intercontinental Airport of Houston.

—¿Qué dijo?

—¡Que ya llegamos!

El soponcio

Por supuesto, tenía que suceder.

Gracias a la silla de ruedas con motor y cho-fer fuimos de las primeras en llegar a la aduana, donde un policía gringo pedía pasaportes mientras una policía gringa esculcaba las maletas.

Antes de llegar nos pasaron unos papelitos en los que teníamos que declarar todo lo que llevábamos. ¿Bombas? No. ¿Explosivos? Tampoco. ¿Cuernos de chivo? ¿Esporas asesinas? ¿Tijeras de jardinero? No, no y no. En realidad fue bastante sencillo tachar todos los *noes* de la lista; el problema llegó cuando vino la pregunta mortal: "¿Trae usted más de mil dólares en efectivo?".

—Esa déjala en blanco —me pidió mi mamá, que fiscalizaba cada uno de mis taches con una concentración que, si la usara siempre, no andaría perdiendo el monedero o las llaves cada tres días.

—¿Segura? —le pregunté.

—Segura. De eso yo me encargo —me contestó.

Y así lo hizo.

Por fin llegamos frente al policía aduanal, quien al vernos la cara, de inmediato llamó a otro de sus compañeros, uno que sí hablaba español y que tenía toda la cara de veracruzano, aunque hablara con acento gringo.

¿Pasaportes? Listos. ¿Visas? En orden. ¿Declaración? Completita… casi.

—*Señoura, disculpe, ¿cuántou dinerou trae?* —le preguntó a mi mamá como quien no quería la cosa.

—Este… pues… A ver, déjeme hacer cuentas… dos dólar de los… ajá… menos otros ocho dólar de… sí… traemos diez mil dólar —contestó finalmente mi madre, que verdaderamente no nació para actriz.

El veracruzano peló tremendos ojos antes de correr a secretearse con su colega, que con tal de venir al chisme hasta dejó de atender a los pasajeros que le habían tocado. El veracruzano asintió ante la seriedad del otro y luego volvió a preguntarle a mi mamá, que ya para ese momento estaba a dos segundos de que le diera el dichoso soponcio con el que nos había amenazado toda nuestra infancia.

—*Señoura, ¿ me puede moustrar el dinerou, please?*

Era algo terriblemente anunciado pero no por eso menos sorpresivo: el soponcio por fin llegó.

Quinta rama:
Agenda telefónica

A LOS dieciséis ya tenía esposa y dos meses después de la boda se convirtió en padre.

Le pusieron Esmeralda.

Cuando la niña cumplió tres años lo celebraron llevando al zapatero los únicos zapatos que Esmeralda poseía. Para cuando se los devolvieron, ya no le quedaban.

Con la raya de albañil, más las pocas ganancias que deja el lavado de ropa ajena, no les alcanzaba para unos zapatos nuevos.

Quince días después había endeudado a toda su familia más tres generaciones de hijos y nietos aún por llegar, pero consiguió lo del coyote.

Dos meses más tarde ya estaba trabajando en la pizca.

De ahí pasó a una carnicería, y cada vez se

sentía más solo.

Pagó sus deudas. Se compró una troca.

Pasaron casi tres años antes de que pudiera regresar a su país, a su familia.

Su hija no lo reconoció y lloró cuatro días seguidos antes de dejarse abrazar.

Su esposa le pidió el divorcio a causa de sus "diferencias irreconciliables". Las diferencias irreconciliables se llamaban Arturo, y Esmeralda le decía *papi*.

Se regresó con la misma maleta, solo que esa vez iba vacía porque todo lo que contenía fue a dar a manos de sus familiares y amigos.

Lo único que quiso llevarse de vuelta a Estados Unidos fue una agenda repleta de números telefónicos.

Ahora aparta una minúscula parte de su sueldo para comprar cada quince días unas tarjetas que sirven para hablar por teléfono a México a precios muy, pero muy módicos.

Cada domingo, sin falta, toma su agenda, la abre al azar, cierra los ojos, y así elige el número que posteriormente marca.

Habla por teléfono durante horas.

Cada domingo.

Se siente cada día más solo.

Interrogatorio I

—HOLA, princesa. Me llamo Teresa, ¿y tú?
—así comenzó el interrogatorio la funcionaria
que alguna vez había sido regiomontana, pero
ahora era pertenecía a la república aeroportua-
ria de Los que Hablan Español. Para colmo, tenía una voz dulcísima y cara de buena gente, así
que pronto se convirtió en la encargada de diri-
gir todos los interrogatorios a menores de edad
hispanos en aquel aeropuerto de Texas. Cabe
aclarar que hasta el momento la palabra *todos*
se reducía a Mi Hermana y a mí, aunque Teresa solo se dirigía a una de nosotras: a mí. Algo
tiene Mi Hermana que la gente la respeta. A lo
mejor que nomás de primera impresión se echa
de ver que no está en sus cabales. O que está
muy chica. O que le gusta encuerarse y meterse

a la pileta. O quizá la funcionaria calculó (bien calculado) que de ella no iba a recibir respuesta alguna porque, como ya lo he dicho, Mi Hermana no es de este mundo.

—Hablas chistoso —no contesté la primera pregunta, y no lo hice porque a leguas se veía que le importaba un rábano cómo estaba yo, y entonces decidí ahorrarle la sarta de cuestionamientos corteses pero falsísimos que seguramente su mamá le enseñó.

—Es que soy de Monterrey —contestó la señorita, muy dueña de la situación—. ¿Y tú dónde naciste?

—En Michoacán.

—¿Y qué andas haciendo tan lejos?

—De visita.

—¿A quién vas a visitar?

—A unos tíos.

—¿Hermanos de tu papá o de tu mamá?

—De ninguno.

—Entonces ¿por qué son tus tíos?

—Porque desde chiquita los conozco y a la gente mayor que uno conoce desde chiquita se les dice tíos, aunque no lo sean.

—¿Quién te dijo eso?

—Nadie. Yo soy muy lista.

—Entonces ¿ya los conocías desde antes?

—Ajá.

—¿Me platicas de ellos?

—Mi tío se llama Juan y su esposa, Becky. Él es muy chistoso y ella no sé, porque no habla español y es mormona. Otro tío se llama Pepe y no tiene esposa porque se divorció, pero se llamaba Luisa, nomás que ahora le dicen la Loca de tu Ex Tía… ¿Qué más?

—Lo que quieras.

—¿Usted conoce a Mickey Mouse? Yo lo voy a conocer, porque me van a llevar a Disneylandia.

—¿Ah, sí?

—Sí.

—Pero aquí no está Disneylandia.

—¿No?

—No. Está en un lugar que se llama California.

—Ah.

—Y aquí se llama Texas.

—Ah.

—¿No te da tristeza?

—¿Qué?

—No estar en Disneylandia.

—No.

—¿Por qué?

—Me dan miedo los ratones.

—Ah.

En ese momento la funcionaria uniformada comenzó a dudar de sus dotes interrogatorias. O quizá solo fue que empezó a hartarse, así que pasó directamente al grano.

—¿Y tu papá?

—¿Usted lo conoce?

—No.

—Yo tampoco.

—¿No es un señor con camisa de cuadros?

—¿Cuál señor con camisa de cuadros?

—Uno que estaba como esperándolas allá afuera.

—¿No le digo que no lo conozco?

—Entonces ¿quién es el señor con camisa de cuadros?

—¿Cómo voy a saber si no nos ha dejado salir de aquí?

—Pensé que a lo mejor lo conocías, que lo habías visto, que podías decirme quién es.

—¿Y por qué no le pregunta?

—…

—…

—A mí se me hace que es tu papá. ¿Qué sabes de él?

—Mi Yaya dice que es un mal hombre que nos abandonó. Mi mamá no dice nada porque no habla de él.

—Pero ¿habrás visto fotos?

—Sí.

—Entonces sí lo conoces.

—¿Usted conoce a los de Menudo?

—No.

—Pero ha visto fotos.

—Sí, pero…

—Pero no los conoce, ¿verdad?

—…

—¿Qué más?

—Esteee, ¿tú sabes por qué tu mamá dijo que traía un dinero que no trae?

—Porque se puso nerviosa y su comadre le dijo que hiciera eso porque los gringos son muy mal pensados y si uno dice que es pobre, como somos nosotros, no lo dejan entrar.

—Ah.

—¿Y usted cuánto dijo que traía cuando se vino de Monterrey?

Interrogatorio II

En el instante en el que mi mamá recuperó la conciencia que no había perdido, pero cuya supuesta ausencia le había servido para hacer tiempo, los funcionarios del aeropuerto nos separaron.

A Mi Hermana y a mí nos llevaron a una sala aparte con el pretexto de que los mejores médicos (y los únicos) del aeropuerto iban a atender a mi mamá y lo mejor sería que nosotras nos fuéramos a otro sitio menos aburrido. En realidad lo que estaban buscando era interrogarnos por separado a nosotras, las dos inocentes escuinclas. El proceso del pensamiento de aquellos funcionarios les decía que dos niñas eran incapaces de mentir, de poner bombas y de engañar a los servicios de inmigración gringos, así que lo más seguro era que Mi Hermana y yo tendríamos por fuerza que contestarles la verdad, una vez que nos alejaran del malévolo influjo de la Mentirosa Mayor (mi madre) y la Viejita que Trajeron de Tapadera (mi Yaya). Yo no sé los gringuitos, pero aquí los niños solemos decir bastantes mentiras al día. "¿Ya terminaste la tarea?" "Ya casi." "¿Te lavaste detrás de las orejas?" "Sí, muy bien." "¿Y ese raspón en las rodillas del pantalón nuevo?" "Sabe." No sé por qué, pero se me hace que aquellos funcionarios migratorios no tenían hijos.

Nos ofrecieron una soda y varias bolsitas de *peanuts;* a Mi Hermana le volvieron a dar uno de esos cuadernos para colorear que a ella la tenían verdaderamente sin cuidado, y a mí no supieron qué darme para irme ablandando, así que no me dieron nada.

Luego supe que a mi madre y a mi abuela les hicieron más o menos las mismas preguntas, pero con unos modos muy feos. Y hubieran seguido así durante mucho más tiempo, pero cuando mi señorita no supo cómo contestarme ni encontró la manera de continuar interrogando inútilmente, se fue a decirles a sus superiores que ella consideraba inofensivo a aquel cuarteto de tipas: dos chaparras, una ciega y la otra con soponcios; el asunto se dio por concluido.

Yo tengo para mí que se hartaron o que los

insumos de *peanuts* (que mi hermana devoraba) se les estaban acabando.

Nos dejaron salir.

Salimos.

Afuera, mezclado entre el gentío de viajantes, recibidores y despedidores, estaba un señor con cara de chino pero que había nacido en Ensenada. Se llamaba don Juan, y aquella fue la primera vez que lo vi.

Junto a él, un hombre con camisa a cuadros y un *six* de Fanta en las manos: mi papá.

Sexta rama:
El sueño americano

Desde pequeña supo que el sustantivo *varón* no tenía nada qué ver con ella.

El acta de nacimiento dice Manuel, pero desde que tiene memoria se recuerda a sí mismo llamándose Mariana. Pidiéndoles a todos a su alrededor que le dijeran así o en todo caso (ya mucha concesión era), Manu.

Manuel jamás. Ese era un extraño que solo había llegado a este mundo para bloquearle la vida entera a la mujer que verdaderamente era por dentro. ¿Y qué la falta de menstruación? ¿Y qué la ausencia de senos? ¿Y qué con los vestidos que tantos ahorros y mentiras le costaba comprarse?

Se llama Manuel y nació con cuerpo de hombre. Pero es una mujer por dentro.

Una mujer bloqueada por Manuel.

Por la familia.

Por los amigos.

Por el qué dirán.

Por la noviecita amedrentada que a algún listillo (su hermano mayor) se le ocurrió enjaretarle.

Y llegó el día en que vio por primera vez una comedia musical. Se llamaba *Calle 42*. Luego vinieron Liza Minelli y el concurso Miss Drag Queen que ganó aquella hermosísima travesti de Colorado en el año noventa y cuatro.

El futuro de Mariana no estaba en esta tierra sino en otra. Una muy lejana. Llena de luces y letreros de neón. Repleta de gente que no te desprecia por haber nacido en el cuerpo equivocado. Hasta el nombre se le derretía entre los labios, de tan dulce, antes de ser pronunciado: Broadway.

Solo tenía que esperar a que las leyes mexicanas le dieran permiso de hacer lo que le saliera de las narices. A la semana siguiente de haber cumplido dieciocho años tomó sus maletas y "Hasta nunca, familia".

En el camino le pasó de todo. Todo fue muy triste.

Pero ella ya no lo recuerda (casi) nunca.

De día sirve mesas. Los días libres hace fila en los *castings* de cuanto anuncio caza en el periódico. "Se solicitan bailarinas para comedia musical", y allá va a formarse Mariana.

En la mañana de cada cumpleaños (ya va por el treinta y ocho) se dice a sí misma que quizá sea tiempo de abandonar sus sueños de triunfar en Broadway. Pero en la noche se da un año más de plazo. "El último", se repite anualmente.

De día sirve mesas. Se llama Mariana y es la mesera a la que más propinas le dan los gringos, tan poco dados a dar propina.

Reencuentro

Dicen los que saben que cada una de las acciones que realizamos en esta vida tiene una consecuencia. Una sola. Una que clausura un número infinito de otras posibilidades. Si al doblar una esquina alguien opta por mirar hacia atrás, quizá encuentre al perro que será su mayor tesoro. Si no mira hacia atrás, tal vez pise (con sus zapatos nuevos) la gigantesca caca que ese mismo perro dejó.

Si yo no hubiera ido a Estados Unidos, no sería la persona que hoy cuenta esta historia. Pero tal vez sería otra, más feliz o más rica o más triste. En todo caso, sería mucho menos esta persona que ahora soy y mucho más una desconocida.

Así que si el genio de la lámpara viniera a

concederme tres deseos, todos ellos tendrían que mirar hacia el futuro. Como decía mi Yaya, "nunca vayas para atrás, ni siquiera para tomar vuelo". Y tenía toda la razón. Casi toda.

A lo que sí me gustaría volver es a ese momento en el que después de más de un año sin verlo, nos reencontramos con mi papá.

Por más que me esfuerzo no consigo acordarme de qué pensé o qué dije. Mi memoria regresa una y otra vez al mismo sitio: el interior de la camioneta de don Juan en la que fueron a recogernos.

No tengo idea de quién abrazó a quién. Ni siquiera sé si hubo abrazos, aunque supongo que no, porque ya en Inmigración nos habían prevenido de que con aquel señor con camisa a cuadros, mientras menos trato, mejor.

Tampoco sé cómo fueron aquellos primeros intercambios de frases con don Juan. Mi memoria deja de funcionar cuando le pido que regrese a aquel momento en el que el miedo a los agentes migratorios parecía ir quedando atrás. No podría decir qué fue de aquel simpático chofer de la silla de ruedas motorizada. Ignoro todo acerca de los primeros quince minutos del reencuentro con mi papá. Blanco en mi cerebro. La nada. Igual a no haber vivido ese cuarto de hora.

Mis recuerdos recomienzan en la camioneta.

Mi papá en el asiento del copiloto.

Don Juan hable que te hable, aún perseguido por el fantasma del miedo a que agarraran al ilegal de mi papá en pleno territorio federal del aeropuerto. Mi Hermana haciéndole trenzas a mi Yaya en el asiento posterior. Y en el de en medio, mi mamá y yo aún sin saber qué decirle al señor con camisa a cuadros al que no veíamos desde hacía tanto tiempo. El suficiente para que a Mi Hermana se le cayeran todos los dientes; para que yo consiguiera mi primer novio (duró tres días nuestro amor eterno y se acabó por culpa de una mano que intentó agarrarme); para que a mi mamá le creciera el pelo; para que él cambiara su eterno sombrero por una gorra de beisbol. Doce meses son muchos meses. La octava parte de mi vida. Un año es mucho para dos esposos que nunca, hasta antes de aquella partida, habían pasado más de doce horas sin verse.

No recuerdo mucho, pero recuerdo las primeras palabras de mi papá.

—¿No tienen sed? Pensé que iban a llegar con sed y les compré unas Fantas.

No fue un nuevo comienzo. Fue un quitar la pausa a la conversación que habíamos dejado pendiente en alguna de esas otras posibilidades que se clausuraron cuando él se fue y que aquel día, como por arte de magia, volvieron a abrirse.

Fantas y camisa a cuadros

MUCHO tiempo después Mi Hermana y yo nos reiríamos hasta que nos doliera la panza al recordar el asunto de las Fantas. ¿De dónde podía haber sacado mi papá que nada más verlo nos iba a entrar una sed tremenda? Y lo que es peor, ¿por qué se le habría ocurrido que unas Fantas recalentadas de tanto estar en sus manos podrían habernos quitado aquella supuesta sed?

En las películas los hombres llevan flores a las mujeres que aman y que no han visto en más de un año. Mi papá llevaba un *six* de refrescos calientes y una camisa a cuadros.

Ese es uno de los mejores recuerdos que tengo. Uno de los pocos a los que siempre acudo cuando la tristeza me entra en el cuerpo.

Y después todo fue como siempre.

—¡Por tu culpa me llevaron a la cárcel, mal hombre! —le reclamaba mi Yaya.

—Ahí tenían que haberla dejado, suegra. Ah, y no era la cárcel sino una oficina muy bien acondicionada, ya me contó su hija.

—¿Y esa camisa? —cuestionaba mi mamá.

—Me la compré ayer. ¿Te gusta?

—¿Aquí venden chicles de esos que vienen en una tripita de plástico? —por supuesto, Mi Hermana era la creadora de tan original y poco trascendente pregunta.

—No sé, pero yo he visto a unas gringuitas que hacen las bombas más grandes que tú.

—¿Nos extrañaste, pa? —quise saber

—Tanto, tanto que me puse a construirles una casa yo solito. Es de madera.

—Yo le dije a su esposo que mejor se quedaran en la casa. A la Güerita (Becky) y a mí nos gusta tener a la familia cerca y mis chamacos ya no saben qué hacer para que su marido no se vaya cuando va a visitarnos. Lo quieren mucho. Todos lo queremos mucho —don Juan se disculpó, sin tener idea de la gran ilusión que nos hizo saber que, aunque malhecha, teníamos una casa para nosotras nada más llegando.

Era de madera y estaba ahí donde daba vuelta el aire. Aún no tenía calefacción. Parecía un chorizo largo largo. Tenía dos entradas a una distancia de dos metros la una de la otra. Los vecinos más cercanos nos quedaban como a quince minutos en bicicleta. Estaba equipada con dos escusados y un solo baño.

Era de madera y era nuestra.

Casa de madera

"Yo soy mi casa".

Eso lo escribió una poeta mexicana llamada Guadalupe Amor, y por más que uno trate de explicar esa frase, resulta del todo imposible. Pero hay quien al primer golpe de vista comprende que el verdadero hogar tiene mucho que ver con los afectos y poco con el suelo que se pisa, el techo que se mira en las tardes de ocio y las ventanas que se cubren (o no) con cortinas. Yo pertenezco a estos últimos y lo descubrí cuando tenía ocho años y me mudé a vivir a un pueblo perdido del estado de Texas llamado Freeport.

Lejos de todo.

Sin juguetes, escuela, amigos. Sin mi cama, mi señor cartero, mi carrito de los helados. Sin las misas de domingo, las cenas en la pozolería del jardín, los paseos calle arriba y calle abajo con mi Yaya. Sin teléfono, calefacción, ventilador. Sin cosa alguna que me indicara claramente que aquella casa de madera era mi casa.

Pero lo era.

Íbamos por dos meses y nos quedamos ocho.

Noche de viento

Yo no estaba acostumbrada al bosque.

El bosque era para los días de campo en el día o para hacer de lugar encantado y prohibido por las noches.

En Freeport el bosque era mi patio trasero, delantero, banqueta y vecindario.

No estaba mal.

Lo malo es que entre los árboles el viento deja de ser viento para transformarse en juego. Y ya se sabe que algunos juegos pueden terminar muy, pero muy mal.

Era de noche y un cierto airecillo, que llegó como no queriendo ese mismo día por la mañana, había tomado tintes de verdadero ciclón. O al menos eso me parecía. Aullaba por entre las copas de los árboles y luego venía a colarse por las rendijas de la casa de madera. Era un silbido como de cien locomotoras trasnochadas.

Era como un monstruo que venía a arrancar de cuajo todas las cosas que presumían de estar ancladas a la tierra. Como una ola a punto de convertirse en la batalla final de un nadador. Como el más grande de todos los terrores nocturnos.

Aunque el estruendo del aire lo inundaba todo, se me ocurrió que aquello debía ejecutarlo en total silencio. Primero quitarme las cobijas poco a poco; bajar los pies, primero uno y luego el otro; levantarme midiendo cada movimiento para impedir que la cama rechinara; caminar, puntita a puntita, hasta la guarida, y ya ahí, por fin, meterme de golpe entre mi papá y mi mamá.

Mi Hermana llegó, por supuesto, corriendo y gritando.

Mi papá nos cubrió con sus brazotes.

Mi mamá susurraba no recuerdo qué pero en mi memoria suena como una canción de cuna.

Y entonces el viento fue otra vez juego paseándose por entre las ramas de los árboles; fue barco donde subirse para llegar a otros mundos; tren dando el último aviso a unos pasajeros que con ansia esperaban marcharse a un lugar fantástico.

Y luego el sonido de un tambor cuando ya el sueño llegaba.

¿No era un tambor?

Era el bastón de mi Yaya.

—Y a mí que me muerda un perro, ¿verdad? —nos dijo.

Recuerdo que la palabra *perro* me provocó un muy contagioso e idiota ataque de risa antes de quedarme profundamente dormida.

Puerto Libre

LA CENA de Nochebuena quisimos celebrarla los cinco solos.

Regalos.

Pavo.

Mi papá de vacaciones.

Mi Yaya cada día más acostumbrada a no ver pasar gente, a no entender un rábano de los programas que salían en la televisión.

Mi mamá ya había tenido tiempo de convertir aquel chorizo en una casa.

Mi Hermana se había encontrado a otra loca como ella, y aunque hablaran en distintos idiomas, se comprendían perfectamente. Pocas palabras. Así es la gente lista. O la gente rara. O Mi Hermana y su nueva amiga.

Una escuela nueva para mí. "De oyente". Un

horror indescriptible.

Así que decidimos cenar en casa pero antes tuvimos que prometerle a don Juan y a toda su prole que el día siguiente, el de Navidad, lo pasaríamos con ellos.

A las nueve en punto de la mañana se apersonaron en tres camionetas y con muchos paquetes de regalos. No los recuerdo todos, pero la muñeca gigante de tela y con trenzas que me regalaron aún se muda conmigo a cada nueva casa. Pobre muñeca, solo ve el sol en las mudanzas: el resto del tiempo lo pasa soñando que un día vuelve a ser libre, mientras duerme en la parte más alta y más lejana de algún clóset.

Ya para esas alturas, las cuatro mujeres de la casa estábamos de ilegales. Aunque no trabajábamos, nuestras visas hacía tiempo que habían expirado. Llevábamos siete meses en Freeport y a los turistas solo nos permitían quedarnos tres. Así que desde el día noventa y uno de nuestra estancia en Texas, las meriendas familiares siempre, pero siempre siempre, llegaban al punto en el que había que ponerle fecha al regreso. "Nada más que pase el cumpleaños de la niña", "Ahora que te asciendan en el trabajo", "En cuanto termines esa nueva casa que te trae tan atareado, ni modo de dejarte solo". Y así se fueron acumulando las hojas inservibles del calendario.

Pero era Navidad. El mejor de los pretextos para postergar el regreso.

Aquel día fue pura felicidad.

Y resultó que el plan era ir en una gran bola a la tristísima playa. Al Puerto Libre. Hacía un frío de los mil demonios; el aire no daba reposo a los pelos güeros y muy bien peinados de la esposa de don Juan; a mi Yaya la sentaron bajo una inútil sombrilla (ni rastros del sol), donde presidió por todo lo alto el ala femenina de aquel día de playa. Todas las mujeres de la familia que hablaban español (o sea, todas menos Becky, que no entendía nada pero tenía muy buena voluntad y se pasó el día entero con cara de Bob Esponja) se arrebataban la palabra y el turno al asador.

Los señores dieron ejemplo de organización: entre tres cargaban una hielera más grande que el refrigerador de mi casa, que estaba atiborrada de cervezas; dos más fueron los encargados de transportar las sillas al punto más cercano entre la playa y el mar, y mi papá tuvo por misión cargar las muchas cañas de pescar que les servirían de pretexto para la inconmensurable guarapeta que iban a acomodarse mientras las cañas permanecían enterradas en la arena, con el anzuelo tendido hacia el mar y sin que se movieran ni medio centímetro en todo el santo día.

Los niños se fueron jugar a que se podían hacer castillos de arena que efectivamente parecieran castillos en vez de mazacotes. Los niños normales, además de Mi Hermana y su amiga, quiero decir. Porque yo, que soy muy lista y desde entonces ya presentaba dotes de adivina, tenía el grave presentimiento de que aquellos días de felicidad (una distinta de la que había conocido hasta entonces, pero felicidad al fin y al cabo) estaban a punto de terminarse.

No muy lejos de ahí había una pasarela de madera, de esas que sirven para llegar hasta los barcos. Solo que no había barcos y, para ser sincera, quedaba poco de la pasarela porque de tanta falta de uso las tablas estaban más bien todas podridas. Se echaba de ver que los texanos de aquella zona preferían puertos más privados para atracar sus embarcaciones.

Cuando a alguien le da por ver las olas, sobre todo las de los días nublados y airosos como el de aquella Navidad, parece idiota. Bueno, en realidad ese *alguien* al que me refiero soy yo misma, que nunca he sido capaz de alejar la vista del mar hasta que alguna emergencia (pongamos como ejemplo un hambre perra o unas incontenibles ganas de hacer *pis*) me obliga, así que ahí me tenían, una mocosa con chinos, ocho años, una sudadera que me quedaba grande y me daba la misma apariencia que a E.T., mirando el mar. Tan concentrada estaba que no vi llegar al Negro.

Aquí tengo que meter por fuerza una rama y lo hago por no parecer lo que no soy: racista. Así que aclaro que aquellos eran los años ochenta, yo venía de un pueblo donde el color de piel más extraño era el provocado por el sarpullido, y a las personas de raza negra solo las conocía por la televisión que, por cierto, no les daba muy buena fama que digamos. Además de todo, Texas sí que es un estado racista y allí no abundan los afroamericanos, así que mi convivencia con ellos había sido absolutamente nula.

Además, mi Negro medía más de dos metros, tenía la misma complexión física de un rinoceronte y venía caminando hacia mí con pasos presurosos, que fue lo que me hizo voltear a verlo. Me moría del terror. Tanto que pegué un brinco que me hizo irme de meritos cuernos contra el barandal de la pasarela, que, por supuesto, estaba podridísima en ese punto, así que ¡al agua patos! Vi mi muerte. Me consideré despedida de esta vida. ¡Adiós, mundo! Hasta no verte más.

Y entonces una mano salvadora.

Mi Negro.

No venía presuroso como un monstruo sino como un ángel salvador; y mucho más listo que yo, porque él sí se había fijado en la putridez de la madera donde estaba yo recargada y que tarde o temprano iba a provocar que me diera un

114

ramalazo de aquellos. Así que corría a salvarme y llegó justo a tiempo.

Una vez que me colocó en lugar seguro y después de haber visto la doble cara de idiota que ya para esos momentos tenía, lo único que se le ocurrió fue ofrecerme una monumental bolsa de Ruffles (sí, lo recuerdo bien, no estoy inventando) que estaba recién empezada.

Yo soy muy miedosa, pero *tragona* está como número uno en mi lista de adjetivos, así que con todo y el susto, metí la manita a la bolsota. Y él sonrió.

Aquel gesto selló nuestra amistad eterna.

Luego llegaron corriendo mis papás, y mi Negro se unió al ala bebedora de aquel día de playa.

En aquel puerto libre de Freeport aprendí que el blanco y el negro no existen, que este mundo es de colores y que mientras más haya, pues mejor.

Esa Navidad fue de felicidad pura, de esas felicidades que hay que pescar de la colita para que no se vayan, para que no le abran camino a la terrible tristeza que nos estaba esperando unas semanas más adelante, y que se llamaba El Regreso o La Separación: que cada quien le ponga el nombre que mejor le convenga.

Todas las ramas
de un mismo árbol

LA GENTE va y viene. A veces con papeles. A veces no. Algunos negros, otros amarillos, blancos, rosas y café con leche. Hombres, mujeres, niños, ciegas y locas de atar. La gente, desde el principio de los tiempos, va y viene. Eso no cambia. Cambian los lugares, se modifica el modo en el que son recibidos, progresan los controles para impedir el paso. Lo que no cambia es el eterno movimiento de personas que le permite a este planeta girar como es debido.

De colores y sabores diversos. De estaturas y edades distintas. Pero todos como lo único que son: gente.

No mojados, no ilegales, no criminales. Solo personas.

Personas que van y vienen como ha sucedido

desde que este mundo es mundo.

Gente que viene y va. Gente como ramas.

Y el mundo, un árbol.

Era sábado
y nadie sabía nada

De la tristeza de la separación no voy a hablar. De las semanas de llanto incontenible que le siguieron, tampoco.

Mejor voy a contar el final de la historia que sucedió dos meses y medio después de haber dejado a mi papá otra vez solo.

El final de esta rama… perdón, de esta historia, ocurrió un sábado en el que la vida hacía como que pasaba y nosotros hacíamos como que la vivíamos.

Hasta que a las tres de la tarde oímos un claxon en la entrada de la casa.

Mi mamá salió a abrir y entonces ocurrió un milagro:

Escondido entre un sinfín de maletas, cajas de cartón, ropa y juguetes sujetos por unas sábanas, una lámpara de pie y varios objetos inclasificables, venía mi papá.

Aún hoy me pregunto como consiguió manejar aquel coche desde Texas hasta nuestro pueblo sin poder ver nada a través del vidrio trasero.

Ahí metido, como muñeco de peluche en medio del baúl de los juguetes, apenas con la cabeza asomada para mostrarnos una enorme sonrisa, llegó mi papá de sorpresa.

—¡No nos avisaste que venías! —gritamos al unísono

—No habría sido sorpresa.

—¡¿Y manejaste desde allá tú solito?! —se asombró mi mamá.

—¡Y gracias a eso ya tenemos coche!

—¡Ay, señor, señor! ¡Qué cruz! —bromeó mi Yaya con mi papá, y luego le aclaró a mi madre—: ¿Ya ves como rezándole al Santo Niño de Atocha iba a venirse luego luego?

—Yo también la extrañe, suegra.

—¿Te traigo un limón para que me peines? —sí, eso lo dijo Mi Hermana.

—¡Hasta un kilo!

—¿Nos extrañabas?

—Tanto que se me olvidó cómo se le tenía que hacer para vivir en esa casa después de que ustedes se regresaron.

Elefantes en el espejo

Buenas, malas o regulares. Cortadas de cuajo, florecientes o ya sin hojas.

Si uno se pone a seguir el hilo de las madejas que los inmigrantes dejan a su paso se podrían formar bosques enteros con árboles llenos de tupidas ramas.

Pero esto no es un bosque. Es apenas una ramita, la mía. Aunque hay millones y millones de otras ramas que todavía andan buscando un árbol al que pegarse, donde hacer nido, donde florecer.

Esto no es un bosque, pero de lejos parece elefante escondido en una cancha llena de elefantes.

Esto no es un elefante, es el montón de recuerdos que me llegaron de golpe una tarde de viernes, gracias a una fotografía de aquellos años donde mi papá sonríe a la cámara luciendo un suéter negro, de cuello alto, muy adecuado para el invierno de su soledad, y que, después de tantos años, yo sigo usando. Aunque sus hilos ya no cubran del frío exterior, pero sí del interno.

Estos no son mis recuerdos: son un objeto en el espejo lateral de un auto en marcha. Mientras el coche se aleja, los objetos también. Siempre más cerca de lo que aparentan, pero siempre atrás de nosotros. Resguardándonos de todo lo que venga adelante. Abriéndoles camino a otros objetos, otros recuerdos, otras ramas y otros elefantes.

Índice

Puerto Libre. Historias de migrantes, de Ana Romero, recibió el Premio Bellas Artes de Cuento Infantil Juan de la Cabada en su emisión 2011, otorgado por el Consejo Nacional para la Cultura y las Artes, el Instituto Nacional de Bellas Artes y el Gobierno del Estado de Campeche por medio de su Secretaría de Cultura. El jurado estuvo compuesto por Francisco Hinojosa, Laura Lecuona y Silvia Molina.

Puerto Libre. Historias de migrantes
se terminó de imprimir en octubre de 2012
en Programas Educativos, S. A. de C. V., calzada Chabacano
núm. 65, local A, col. Asturias, c. p. 06850, México, D. F.
En su composición se empleó la fuente ITC New Baskerville.